劉梅玉截句

奔霧記

劉梅玉 著

截句 ● 在瞬息的時代，寫瞬息的詩。

4 行詩

把詩句折小，

以便穿過

靈魂的————

罅

漏

。

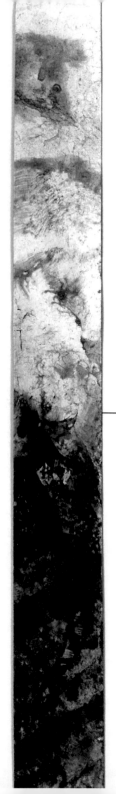

用
局部的
　文字，
填
　世間
　的
　空格。

【截句詩系第二輯總序】
「截句」

李瑞騰

上世紀的八十年代之初，我曾經寫過一本《水晶簾捲——絕句精華賞析》，挑選的絕句有七十餘首，注釋加賞析，前面並有一篇導言〈四行的內心世界〉，談絕句的基本構成：形象性、音樂性、意象性；論其四行的內心世界：感性的美之觀照、知性的批評行為。

三十餘年後，讀著臺灣詩學季刊社力推的「截句」，不免想起昔日閱讀和注析絕句的往事；重讀那篇導言，覺得二者在詩藝內涵上實有相通之處。但今之「截句」，非古之「截句」（截律之半），而是用其名的一種現代新文類。

　　探討「截句」作為一種文類的名與實，是很有意思的。首先，就其生成而言，「截句」從一首較長的詩中截取數句，通常是四行以內；後來詩人創作「截句」，寫成四行以內，其表現美學正如古之絕句。這等於說，今之「截句」有二種：一是「截」的，二是創作的。但不管如何，二者的篇幅皆短小，即四行以內，句絕而意不絕。

　　說來也是一件大事，去年臺灣詩學季刊社總共出版了13本個人截句詩集，並有一本新加坡卡夫的《截句選讀》、一本白靈編的《臺灣詩學截句選300首》；今年也將出版23本，有幾本華文地區的截句選，如《新華截句選》、《馬華截句選》、《菲華截句選》、《越華截句選》、《緬華截句選》等，另外有卡夫的《截句選讀二》、香港青年學者余境熹的《截竹為筒作笛吹：截句詩「誤讀」》、白靈又編了《魚跳：2018臉書截句300首》等，截句影響的版圖比前一年又拓展了不少。

　　同時，我們將在今年年底與東吳大學中文系合辦

「現代截句詩學研討會」，深化此一文類。如同古之絕句，截句語近而情遙，極適合今天的網路新媒體，我們相信會有更多人投身到這個園地來耕耘。

【自序】
奔霧記

劉梅玉

是一種對清澈的偏愛，所以往霧的方向奔去，因為無法抵抗「灰」的便利性，我不再去解釋黑與白的生活場景。

開始是無法選擇的海洋，之後成了身不由己的島嶼，因為對透明的執著，刻意抵抗所有的雜質，擁有島嶼體質的我們，日常之中的書寫，一不留意就被季節的風吹亂，容易荒蕪是存在的本質，對「無常」總是過敏，那些質變的人與事，一再擾弄記憶的纖維。

創作有時是一種修復，接受「斑駁」的養分而生長著，不斷的演化成為一種慢性病毒，在島的血管裡，忽高忽低的流動著，不斷地發炎又不斷的痊癒，

直到我們可以成為一個，不再被世間晃動的句點，一個長得像霧的句點。

　　戰地與小島的相互構成，季風與波浪的雙重奏鳴，失去的同時也擁有著，越資深的活著就越能深入結痂的內裡，然後感謝那麼多的謊言與痕跡，眼睛慢慢不想看著世間，而心卻漸漸明瞭這渾濁的一切，像圍繞群島的海洋，有著讓人誤解的美麗，只有時間才能透視蘊含其中的汙濁，而反覆受傷的海，是一波波警世的寓言，試圖拍醒盲目與貪婪的岸。

　　這一次的文明，讓人類追求荒謬的準確與快速，學會無數種攀爬在表面的愉悅，在狀似繁華的城市裡，開拓更廣大的荒原，而敏銳的人，因抵抗粗糙的文明表皮，而被各種的可能刮傷。

　　我與生活的深淵相處，不斷塗改自己的誤讀，像某些書寫的人，總是想望穿里爾克的柵欄，那在世間無處不在的柵欄，想剝開保羅・策蘭的堅果，挑出時間的核，我們在某種程度上都想抵禦靈魂的潰敗，尋找一種堪用的永恆。

　　是妥協吧！也是一種平衡之術，在陰影裡摩擦出
光的可能，在光亮裡發現黑暗的隱遁處，在不間斷的磨
擦碾碎後，才有了成熟的模樣，漸漸能容忍把灰色的
字，寫在所剩不多的紙頁上，不明確但卻十分逼真。

　　霧狀的活著，像艾略特的「太初即終點」那樣，
也像莊子的「方生方死」，不能確定的指涉一個真實
的現場，又如此精準的說出這世間虛實，此處也就是
彼處，模糊一定蘊含某種程度的清澈，而此處也一定
有某部分的他處，我看見融合在其中的完整與殘缺，
用剩下的筆紀錄著所有遇見的懷疑，以問號寫下的句
點，必然是濃霧的樣態，而我想往霧的方向奔去，用
肯定的步伐，那裡應該有我相信的清澈。

劉梅玉截句

目　次

_{輯一}｜霧的裡面

輯二｜之後的那些

霧的裡面

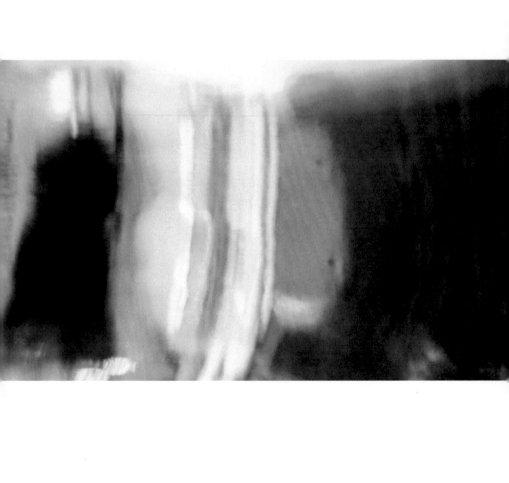

戀霧癖

為了到達他的霧

她學會模糊

像不理解地圖的人

有著容易迷路的眼睛

從湄公河來的孩子

童年的發音就錯了
老師總是糾正母親的故鄉
他們無法拼出
自己正確的家鄉

領悟

女人已經懂得離開
他說謊的風景
讓自己的路
通往誠實的方向

海邊石屋

被海淹漬過的石屋
長出鹽狀窗戶
那些異鄉的眼睛
都在這裡觀望鄉愁

光的用法之一

喝下足夠的黃昏

她的哀傷變得明亮

可以走進

各式各樣的黑夜

劈腿族

善變的舌頭
出自匱乏的嘴型
他的靈魂難以方正，讓人無法
理解，他多邊形的愛

懷疑論者

每日禱告用懷疑的字彙
他擔心拆開天堂的包裝紙
內容物卻是
另一種品牌的地獄

最後一頁的黃昏

仔細讀著幾株枝椏

伸展每次的方生方死

發現一片葉子

靜靜地成住壞空

善於算計的人

他們的黎明總是整除

沒有餘下任何暗夜與陰影

容易看透永恆的陷阱題

讓自己離開寂寞的公倍數

母親的島

繞了遠路才能靠近

老邁的海岸

經歷裂痕的雙腳，才懂得

在島的動脈裡行走

春天的紙

這世界出了一張

考古題

許多不懂答案的人

爭先恐後的搶答

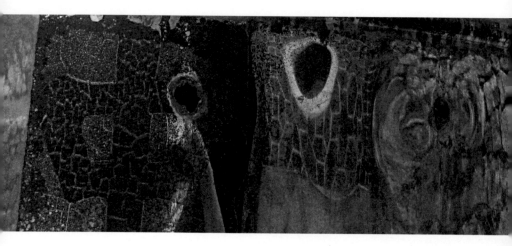

劉梅玉截句

顯影劑

把故鄉放進老相機

在時間的暗房裡

慢慢沖洗成

一張張的異鄉

素描

有些喧鬧的線條

將往事吵醒

攤開今日的畫紙

別人的筆觸依然深刻

抗潮的記憶

穿過雨和雨的縫隙
而不被淋濕的那些字
他們的體質，非常適合
收藏在日記本裡

一首寫實的詩

牛奶潑在剛換好的衣褲上

滑下幾行黏膩句子

混著汗液和污濁的眼神

流進日常的毛孔裡

劣質垃圾場

她犁過的夜

多數並未發芽

許多壞掉的孤獨

丟棄在偏僻的夢裡

梵谷的超現實速寫

梳理頭上的麥田

向日葵的眼睛望著星夜

將耳朵裡的鳶尾花割下

向高更討一塊大溪地

劉梅玉截句

給達比埃斯

你用時間當塗料
將荒涼種在畫布上
採收的符號
只有飢餓的眼睛才懂

畫家卡蘿的脊椎

她的地板是一長一短
導致靈魂時常摔倒
被切過三十六次的背脊
讓剩下的人生很痛

陰影

有各種的款式
在世間的樣子不易辨識
有些剛開始視覺是光亮的
更有一些形狀是甜的

騙局

把故事的皮剝下
再將裡面的句子剖開
掉出許多
空心的美麗語彙

冷漠練習

收起多出來的筆芯

放在炙熱的筆盒

想讓世界溫暖的寫法

不斷被冷卻

遺照

父親的笑臉
在泛黃老照片裡
成為一張張的斷壁
翻開都是懸崖

高原反應

超過慣有的高度之後

他們的呼吸越來越稀薄

薄成一張

岌岌可危的存在證明

慣性法則

相信大多數的那一種
容易被排列整齊
剩下這些嗅覺敏銳的
總是拒絕被外面的世界分類

暗夜藍

夢的平原是礦藍色

許多植株是春天的品種

長到黎明高度時

就凋謝在自己的夜裡

骨灰

只有少數的眼睛能看到
一則白灰色的預言
粉狀地寫在
剩下不多的紙張上

阿婆魚麵

揉著海的麵糰
魚味爬上她的手
把此生的皺摺疊了又疊
再一條條切好販賣

畫眉

起初他畫的眉是向上飛揚

是春風的形狀

後來變成平行，麻木的線

跟著生活垂了下來

三分之一的月亮

有些月光常對我說謊

給予假面的夜

照亮不可通行的路徑

讓他去了不屬於我的遠方

阿克梅的春天

用水彩謹慎塗抹一座花園

季節卻意外暈開了

將發芽的一切

渲染成最合適的春天

人像畫

謹慎將畫壞的情侶

重新塗抹修改

擦掉分歧的筆觸

他們又有了平靜嘴型

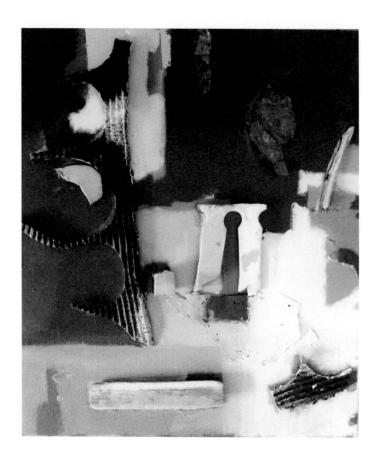

裡面的風景

打開日記裡老舊的門
走進青澀的紙頁
那時的字跡經常不合群
總是與世界背對著背

日常的他們

他們愛的板塊容易移動
若無其事地刮壞一些
他人的昨日
再若無其事地愉悅著

種子

在絕望的土壤裡

她還是繼續

在明日的窗台

種植一些可能的春天

愛的變奏曲

因為愛的休止符
他們離開家的五線譜
空腹面對愛的高音
只能用飢餓的聲線來合唱

劉**梅**玉截**句**

之後的那些

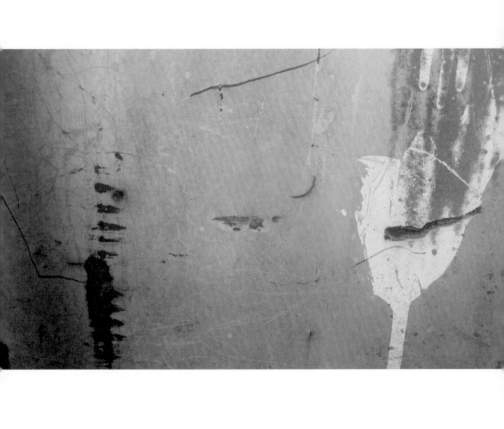

陰刻線

他已經知道陷下去的家
在凹陷與凹陷之後
那些斑痕
都是愛的陰刻線

原詩〈陰刻線〉

多年以前的隕石
砸在她年幼的土地
留下的回音
都是凹的

熟悉的親人們

養了大面積的窪地

在家的中間

裡面有片鹽沼

倒映著冰冷的姓氏

很早就懂的離開

陷下去的家，她知道

在凹陷與凹陷之後

那些斑痕

都是愛的陰刻線

家變

雨水泛濫的時候
淹壞年久失修的門
成堆的廢棄物，堵住了
一個家的出水口

原詩〈第二次的廢墟〉

老家在濃墨的下游
被浸泡得更黑了
屋簷在孤零零的季節裡
長出幾顆無聲的洞

家人遺忘的窗戶

還在同樣位置

等著每日的微光

點亮空屋裡的鬱暗

雨水泛濫的時候

淹壞年久失修的門

成堆的廢棄物

堵住了

一個家的出水口

修改記憶的人

他用畫筆修補受損的時間

將它們荒廢的表情

重新組成

一張張亮眼的明日

原詩〈撿拾記憶的人〉
　　——給金門畫家楊樹森

天空是安靜的

畫時間的人

在他自己的海平線上

撿拾被遺棄的面容
放置在他闃靜的心裡

他用畫筆修補那些
受損的記憶
將它們荒廢的表情
重新組成
一張張亮眼的明日

簡單顏色塗著鬱深的心事
畫裡的他們
都有著存在主義的臉
望著不安靜的人間

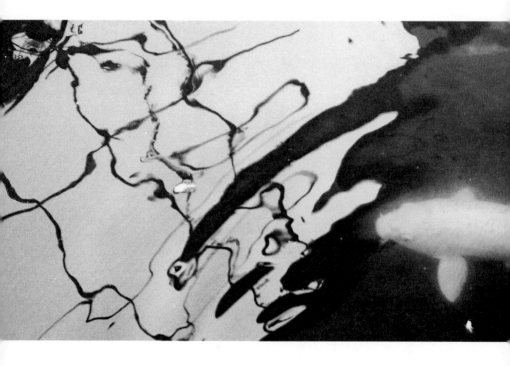

無法上岸的字

妳離開我的書寫後

我常把文字寫成單獨的島

沒有港口的那一種

原詩〈旅途〉

一個人的草稿

只有私密潦草的字跡

裡面的符號

沒有被世界發現

它們有比較自在的臉

妳離開我的書寫後

我常把文字寫成單獨的島

沒有港口的那一種

之後的日子

不再關心海的顏色

不想詢問天上的鷗鳥

前方的天空如何

一切都是淡然的緣故

一切也都是濃郁的緣故

劉梅玉截句

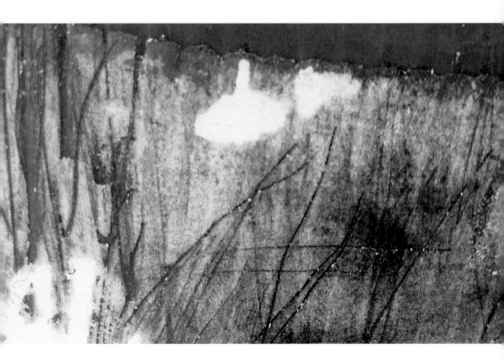

戰地的牆

堅硬的迷彩牆

蓋在不確定的時代

強壯且阻擋

所有可能軟化的心事

原詩〈○六據點〉

提著那些衰老故事

緩慢地走出據點的軀體

外面是較亮的通道

有一扇門通向明日的眼睛

堅硬的迷彩牆

蓋在不確定的時代

強壯且阻擋

所有可能軟化的心事

他們密集地防禦

用所有的島嶼

時間仍然據守在島上

昨日已經撤離

留下許多戰爭的病

慢慢潛伏成今日的風景

八六據點

目標荒蕪了
射口還在
意念棄置的廢墟
還留下固執的窗戶

原詩〈八六據點〉

目標荒蕪了
射口還在
意念棄置的廢墟
還留下固執的窗戶

被禁止過天空
不再飄著武裝的雲
有人詢問故事的去處
現場無人應答

撥開一段欺瞞的霧
有些真實話語
就可抵達正確的遠方

隱士

拋棄安全的道路

他們走到文明的外面

只為在文明裡面

劃一條深深的警戒線

原詩〈隱士〉

被時代的內裡所傷

他們游走在人類的邊緣

用固執的信仰

居住在各式各樣的主義裡

曾被所有的名字困住
像懷疑一個多霾的早晨
車聲忙碌地
駛向徒勞的稱謂

不斷拋棄自己的房間
離開安全的道路
他們走到文明的外面
只為了在文明裡面
劃一條深深的警戒線

據點

裝著人類的爭執

許多的故事，戍守在這裡

守著砲台向遙遠的夢裡射擊

期待戰勝一場謬誤

原詩〈據點〉

戰爭拋棄的殼

有著荒廢已久的名字

綠苔在城垛眼瞳裡盛開

他們無法抵禦世間

易變的真實

用老舊體質

長成廢棄的輪廓

偶而，也有人記起他們

堅固而執著的外表

曾經裝著人類的爭執

許多的故事，戍守在這裡

守著砲台向遙遠的夢裡射擊

期待戰勝一場謬誤

而時間，將會重新整理

更多茫茫然的據點

對比應用題

從此岸寫到彼岸

因為失去才重新擁有的那些

也因為破裂才完整的那些

走遠，才能理解的段落

原詩〈給十月的女子〉

出發去我們的海

這次真的，可以再靠近

過去誤解的源頭

十月的水泥色庭院

有些痕跡，試圖趕上記憶

女子擺設時光與母親

因讀懂愛的模樣，而感傷著

她從此岸寫到彼岸

因為失去才重新擁有的那些

也因為破裂才完整的那些

走遠，才能理解的段落

重讀過去的晨昏和家園

微鹹的時間

沾在我們圓形鱗片上

一起出發，去十月的海

那裡必然有妳想要的浪濤

霾害

打開早晨

但打不開昔日的天空

一大段文明的誤讀

發生在霾裡

原詩〈霾的部分解釋〉

屬於貪婪的氣體

產自塑膠的心

在染灰的鼻翼之間

反覆吞吐著世界

是一種哲思煙霧

讓大多數的人

迷失在路徑的前方

打開早晨

但打不開昔日的天空

一大段文明的誤讀

發生在霾裡

在共有的灰色居所

住著我們

清晰的懸浮微粒

及日益模糊的面孔

暗的記憶

沿著記憶葉脈攀爬

有些葉綠素的愛

始終無法長成

光的模樣

原詩〈靜物〉

天空藍的瓶子，曾養過海

季風吹過焦慮的岸

枯萎植株飄向沒有邊的遠方

昨日的纖維在夜裡呼吸著

總是安靜的島內

沒有合適土壤

所有種子都有著寂寞的臉

沿著記憶葉脈攀爬

有些葉綠素的愛

始終無法長成光的模樣

劉梅玉截句

中間路線

經歷太多的光與影
才學會長出灰色的腳印
適合中間的風景

原詩〈行走〉

他們在世上的房間行走
意圖走出所有圍欄
將直線信仰踏成彎的，這樣
才不會被筆直的路徑傷害

經歷太多的光與影

才學會長出灰色的腳印

適合中間風景

將雙足越磨越薄

腳掌的心也逐漸透明

他們不再隨意浪費

任何一條

可以抵達自己的路

雨的可能

是一種換季練習

失去光的水分

沖洗腐敗的風景

然後，重新長出亮亮的雨後

原詩〈雨的可能〉

突然來的雨很夜晚

暗暗地下著

人間的路變得不清晰

暫時，有些事物

被這一場意外淋黑

有人撐著極度明亮的傘

往瞎掉的巷弄走去

有人，沒有習慣帶傘

只能被世界濕掉

有更多的人

置身於大雨之外

也許是種換季練習

失去光的水分

沖洗腐敗的風景

然後，重新長出亮亮的雨後

沉默

有些乾燥的話無法再生
將它們種在水裡
也許，會繁殖成一株株
連城的緘默

原詩〈27號的日光海岸〉

日光的10月
在海水的皮膚上
不斷折射岸的世界

劉_{梅玉截}句

一束沒有季節的花
插在秋天瓶子裡
它有著拒絕凋謝的臉

許多相信真實的翅翼
飛在危險的堤岸
避開布滿謊言的土地

有些乾燥的話無法再生
將它們種在水裡
也許，會繁殖成一株株
連城的緘默

虛假的公園

夏日昏暗的遊樂園

飄著塑膠材質的笑聲

天然的孩子從光亮溜滑梯上

將人造童年滑下來

原詩〈虛假的公園〉

夏日昏暗的遊樂園

飄著塑膠材質的笑聲

天然的孩子們

從光亮溜滑梯上

將人造童年滑下來

月光穿透懸浮微粒

抵達人工草皮

孩童們毫無防備

呼吸著逐日虛假的空氣

嗅著人造花的氣味

仿真的綠葉上

有著不透光的水滴

他們日復一日

學著錯誤的永恆

交換

沒有風浪的早晨

她們輕輕交換彼此的島

經歷過的潮汐與不安

變成安靜的礁石

原詩〈給y的島〉

擺好一個早晨

她們輕輕交換彼此的島

經歷過的潮汐與不安

變成安靜的礁石

劉梅玉截句

十二月的白桔梗

向枯萎的方向垂著

忘了曾經

有個永恆的名字

無人問候的那瓶雜草

正奮力長出

寬闊的枝椏與海

討論著存在的荒謬

兩個女人擦拭

過往錯誤的風景

讓一條路

通進對方的島嶼

劉梅玉截句

不一定的居所

截然不同的遠方

沒有正確解答的地圖

黯黑新地標

聳立在她的居所

原詩〈不一定的居所〉

截然不同的遠方

沒有正確解答的地圖

黯黑新地標

聳立在她的居所

時光還在老舊相片裡
成為一張張的深淵
翻開都是懸崖

這次住處不易到達
她擁有的地址
只是一種可能的密碼
也許可以
解開永別的門

說謊的房間

不精準的鑰匙

無法對準謊言的孔洞

她房間裡的真實

不容易被開啟

原詩〈木質的記憶〉

午後三點二十分的項鍊

放置在灰藍色記憶裡

寂靜的木製語彙

無聲息地擱淺

不精準的鑰匙

無法對準時間的孔洞

她房間裡的真實

不容易被開啟

輕易撿拾之後再丟棄

是他們廉價的信仰

若無其事地刮壞一些

他人的昨日

再若無其事地愉悅著

黑的三次方

在我信任的紙張上
那些人寫了堅固的錯別字
沒有人發現他們
用黑的世界翻譯白色

原詩〈黑的三次方〉

待在夜的被褥裡
我試著留點白日的纖維
有些文字變黑了
無法照亮別人的模樣

在我信任的紙張上

那些人寫了堅固的錯別字

用極其光亮的嘴型

說著暗暗的語彙

偏離卻貌似真實的話語

只有稀有的幾次

有人發現他們

用黑的世界翻譯白色

飢餓哲學

吞下麵包裡的時間

哀傷逐漸膨脹

然後正確地飄浮

腳跟愉悅的離開地面

原詩〈不正確的劇場〉

那個夜晚是白的

超出邊界的一群魚，結伴

飛過不確定的天空

習慣分類的群眾

容易得到安全的日常
拒絕排列的少數
一路長得狹長且危險
他們餓的孤單
吞下麵包裡的時間
哀傷逐漸膨脹
然後正確地飄浮
腳跟愉悅的離開地面

劉梅玉截句

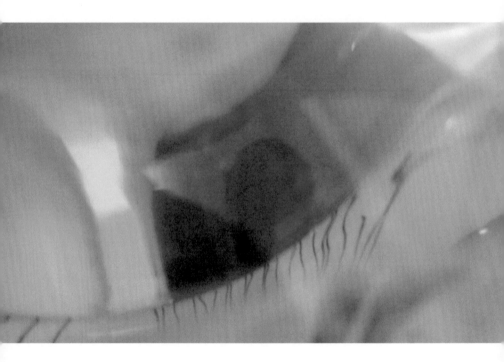

擁擠的文明

清澈的警語

寫在善於遺忘的城市

寄給文明的讀後感

輕易被擠的歪斜變形

原詩〈傾斜的筆記〉

季節模糊之後

時常撿拾灰色的街角

昨日剩餘的雨水

還留著寓言的形骸

劉梅玉_截句

清澈字彙

寫在善於遺忘的城市

寄給文明的讀後感

輕易被擠得歪斜變形

真實的消失

在虛擬的名字上

我們試著降低

高出來的地平線

在逐漸溫暖的警句裡

小島

相信太多虛構的遠方
錯誤的月光、礁石和堤岸
他們大部分都曾經迷路
在標誌清晰的地圖裡

原詩〈小島〉

因為是微弱的
他們僅能用片面的海
交換一些世界
怯懦魚群

吞了幾口夜的泡沫

就長出幾排畏光的鱗片

相信太多虛構的遠方

錯誤的月光、礁石和堤岸

他們大部分都曾經迷路

在標誌清晰的地圖裡

這島嶼透明且善變

被盲目的浪潮沖襲過

許多沙灘也失去了

自己的邊線

暗下來的眼睛

關上習慣的燈

所有的生活都暗了

那些人學會觀看

真正的風景

原詩〈刻意偶發的其他〉

向標誌不明的前方

無目的航行

卻得到理想的航線

劉梅玉截句

總能在僵硬的全部
找到柔軟線索
雜訊太多的文明
世界逐漸已讀不回

關上習慣的燈
所有的生活都暗了
那些人學會觀看
真正的風景

柏林圍牆

攀爬了28年

他們越過了荒謬的界線

推倒那堵長長的謊言

原詩〈柏林圍牆〉

最初是鐵絲網的刺

圍住虛胖的主義

後來的混凝土變成

長達167、8公里的謊言

堅硬地跟世界抗辯

攀爬了28年
他們越過了荒謬的界線
推倒那堵長長的謊言

許多人撿拾瓦解的主義
分析著信仰碎片
有人在歷史的肉身上
留下自由的刺青

經過炫目七彩的塗鴉牆
有些深邃的眼睛看見
同樣的牆還在他處蔓延

四月的地表

霧改寫了行程表

遠方的愛情一直被延誤

深夜裡點燈的窗戶

他們的等待是玻璃材質

原詩〈四月的地表〉

霧改寫了行程表

遠方的愛情一直被延誤

深夜裡點燈的窗戶

他們的等待是玻璃材質

耽溺於赴約的人

被不斷地塗改之後

也變成一張張

善變的機票

執著在濃霧中出發的

擅長迷路

他們說話總是模糊

而撤退的地圖總是清楚

語言文學類　截句詩系24　PG2171

劉梅玉截句
——奔霧記

作　　　者 / 劉梅玉
責任編輯 / 林昕平
圖文排版 / 周妤靜
封面原創設計 / 許水富
封面設計 / 蔡瑋筠

發 行 人 / 宋政坤
法律顧問 / 毛國樑　律師
出版發行 / 秀威資訊科技股份有限公司
　　　　　114台北市內湖區瑞光路76巷65號1樓
　　　　　電話：+886-2-2796-3638　傳真：+886-2-2796-1377
　　　　　http://www.showwe.com.tw
劃撥帳號 / 19563868　戶名：秀威資訊科技股份有限公司
　　　　　讀者服務信箱：service@showwe.com.tw
展售門市 / 國家書店（松江門市）
　　　　　104台北市中山區松江路209號1樓
　　　　　電話：+886-2-2518-0207　傳真：+886-2-2518-0778
網路訂購 / 秀威網路書店：https://store.showwe.tw
　　　　　國家網路書店：https://www.govbooks.com.tw

2018年10月　BOD一版
定價：240元
版權所有　翻印必究
本書如有缺頁、破損或裝訂錯誤，請寄回更換

國家圖書館出版品預行編目

劉梅玉截句: 奔霧記 / 劉梅玉著. -- 一版. -- 臺
　北市：秀威資訊科技, 2018.10
　　面；　公分. -- (語言文學類)(截句詩系；
24)
　BOD版
　ISBN 978-986-326-625-9(平裝)

851.486　　　　　　　　　　107017642

讀 者 回 函 卡

感謝您購買本書，為提升服務品質，請填妥以下資料，將讀者回函卡直接寄
回或傳真本公司，收到您的寶貴意見後，我們會收藏記錄及檢討，謝謝！
如您需要了解本公司最新出版書目、購書優惠或企劃活動，歡迎您上網查詢
或下載相關資料：http:// www.showwe.com.tw

您購買的書名：_____

出生日期：_____年_____月_____日

學歷：□高中 (含) 以下　　□大專　　□研究所 (含) 以上

職業：□製造業　□金融業　□資訊業　□軍警　□傳播業　□自由業

　　　□服務業　□公務員　□教職　　□學生　□家管　　□其它_____

購書地點：□網路書店　□實體書店　□書展　□郵購　□贈閱　□其他

您從何得知本書的消息？

　　□網路書店　□實體書店　□網路搜尋　□電子報　□書訊　□雜誌

　　□傳播媒體　□親友推薦　□網站推薦　□部落格　□其他_____

您對本書的評價：（請填代號　1.非常滿意　2.滿意　3.尚可　4.再改進）

　　封面設計____　版面編排____　內容____　文／譯筆____　價格____

讀完書後您覺得：

　　□很有收穫　□有收穫　□收穫不多　□沒收穫

對我們的建議：_____

_____

_____

_____

11466
台北市內湖區瑞光路 76 巷 65 號 1 樓

秀威資訊科技股份有限公司　　　收

BOD 數位出版事業部

....

（請沿線對折寄回，謝謝！）

姓　　名：＿＿＿＿＿＿＿＿＿　年齡：＿＿＿＿　性別：□女　□男

郵遞區號：□□□□□

地　　址：＿＿＿＿＿＿＿＿＿＿＿＿＿＿＿＿＿＿＿＿＿＿

聯絡電話：(日) ＿＿＿＿＿＿＿＿＿　(夜) ＿＿＿＿＿＿＿＿＿

E-mail：＿＿＿＿＿＿＿＿＿＿＿＿＿＿＿＿＿＿＿＿＿